Thomas Brezina

Un caso para ti y el EQUIPO TIGRE

El misterio de la Villa Gris

Ilustraciones de Werner Heymann

sm

Primera edición: noviembre 2005
Tercera edición: septiembre 2007

Dirección editorial: Elsa Aguiar
Coordinación editorial: Gabriel Brandariz
Traducción del alemán: Antonio Ángel Delgado
Ilustraciones: Werner Heymann

Título original: *Das Geminis der Grauen Villa*

Impresores, 15
Urbanización Prado del Espino
28660 Boadilla del Monte (Madrid)
www.grupo-sm.com

ATENCIÓN AL CLIENTE
Tel.: 902 12 13 23
Fax: 902 24 12 22
e-mail: clientes@grupo-sm.com

ISBN: 987-84-675-0596-2
Depósito legal: M-33.284-2007
Impreso en España / *Printed in Spain*
Gohegraf Industrias Gráficas, SL - 28977 Casarrubuelos (Madrid)

¡Hola! Somos el Equipo Tigre

Biggi – Tenaz como un tigre
Luc – Listo como un tigre
Patrick – Fuerte como un tigre
_____________ - ________ como un tigre
(tu nombre)

Nombre: Patrick
Edad: 12 años
Mis puntos fuertes: Antes era gordo, ahora soy todo músculos. Entreno todos los días. Algunos dicen que tengo poco seso. ¡Tonterías!
Mi mayor problema: A veces me falta valor. ¡No lo vayáis diciendo por ahí!
Lo que más me va: Las películas de acción, los chistes y las cosas divertidas, el deporte, mi conejo Benny.
Características: Casi siempre voy con chándal.

Nombre: Biggi (diminutivo de Birgit)
Edad: 12 años
Mis puntos fuertes: Colecciono de todo, y prefiero ocuparme de las cosas personalmente.
¡A veces los chicos son de lo más patoso!
Mi mayor problema: ¡Soy dura de mollera, y eso suele irritar a los demás!
Lo que más me va: Las prendas holgadas, los helados de avellana, las cosas ricas, la cocina, los caballos.
Características: Me paso el día comiendo.

Nombre: Luc
(diminutivo de Lucas)
Edad: 11 años
Mis puntos fuertes:
Me apasionan los experimentos, los ordenadores y los aparatos que tienen control remoto. ¡He construido un frigorífico volante!

Mi mayor problema: A mi alrededor reina el caos. ¡Siempre hay algo que no encuentro!
Lo que más me va: Las hamburguesas, los libros sobre vikingos, inventos y cosas por el estilo; mi bloc electrónico, que he transformado en una máquina de locura.
Características: Siempre llevo conmigo un maletín especial.

¡Ahora ya eres uno de los nuestros!
Haz tu presentación:

Pon tu foto aquí

Nombre: ______________________

____

Edad: ______________________

Mis puntos fuertes: ______________

____

____

____

Mi mayor problema: ______________________

____

____

Lo que más me va: ______________________

____

____

Características: ______________________

____

____

¡Enseguida comienza un nuevo caso para ti y para nosotros!

IMPORTANTÍSIMO

Tú puedes participar activamente en esta aventura. Responde a las distintas preguntas planteadas, utilizando las pistas y el cerebro.

Las preguntas se representan de este modo:

¡Busca la pista que lleve a la respuesta correcta! El bloc electrónico de Luc te dirá si has acertado. Para ello, coloca encima el descodificador del Equipo Tigre y gíralo suavemente hasta que puedas leer la solución.

El descodificador y todo lo que necesites para resolver el caso están en el sobre que encontrarás al final del libro.

¡No te olvides! Anota en la Tarjeta del Caso un punto por cada acierto. La encontrarás en la página 124.
¡Y ahora, empieza la aventura!

El disparo

Cuando Biggi se bajó de la bicicleta, el viento helado golpeó su rostro. Algunas hojas secas se desprendieron de los árboles y fueron arrastradas por el aire. Un farol roto se balanceaba por encima de su cabeza y la luz que proyectaba bailaba sobre las paredes de madera y el porche de la Villa Gris.

—Quiero volver a casa –murmuró Biggi estremecida. Pensó que aquella sensación no era sino una consecuencia del frío. Pero en realidad se debía al halo misterioso que parecía irradiar aquella casa. Se podría decir que más que misterioso.

La Villa llevaba casi treinta años deshabitada. Al principio debió de ser blanca como la nieve. Era de madera. Y el tiempo, a su paso, la había ido deteriorando. La pintura se había desconchado y la Villa había adquirido con los años un tono cada vez más grisáceo.

Biggi se acercó despacio a la verja del jardín. La puerta de madera era de doble hoja y estaba medio desencajada. Biggi apoyó la bicicleta contra el muro y empujó la puerta. Al hacerlo, chirrió y cedió un poco.

La vieja Villa estaba rodeada de árboles altos, que el viento del otoño hacía temblar de forma misteriosa.

«¡No entiendo por qué he tenido que discutir con Patrick y Luc sobre si las chicas son más o menos valientes que los chicos!», se decía molesta.

A raíz de esa discusión, sus amigos del Equipo Tigre le habían pedido una pequeña prueba de su valor: ella tenía que entrar una noche en la Villa Gris y hacer unas fotos.

Se fue acercando lentamente hasta la casa. A medida que se iba aproximando, le asaltaban con más fuerza todas aquellas historias que se contaban sobre la Villa Gris.

Treinta años atrás había vivido en ella la familia Robins: el padre, la madre y el hijo. Pero una mañana desaparecieron sin dejar rastro. Y con ellos desaparecieron también todas sus pertenencias.

¿Qué había sido de ellos? Nadie sabía nada. Todos los que se mudaban a vivir a aquella casa, la abandonaban al poco tiempo. Todo el mundo pensaba que había fantasmas en la Villa Gris. Esa era la razón de que la casa llevara abandonada tanto tiempo.

Últimamente, sin embargo, la vecina de

Luc había visto luz en ella. La tarea de Biggi era averiguar quién andaba por allí.

«Soy una cabeza hueca y he vuelto a hablar más de la cuenta», se reñía a sí misma. Yo... yo no quiero entrar.

De repente, sonó un disparo.

Asustada se tiró al suelo húmedo. Se fue arrastrando hasta la puerta del jardín. Temblaba tanto que ni siquiera tuvo fuerzas para subirse a la bici.

—«Tengo que escapar de aquí», pensó.

Cogió la bicicleta y salió corriendo lo más rápidamente que pudo. Solo después de haber corrido un buen trecho, se detuvo jadeante.

—¡Un momento! –murmuró–. Eso no ha sido ningún disparo.

¿Qué es lo que ha pasado?

Pista Equipo Tigre

¡Fíjate bien en los dibujos!

La puerta misteriosa

«Si Luc y Patrick se llegaran a enterar de esto, se partirían de risa», pensó Biggi. Respiró hondo y se encaminó de nuevo a la Villa Gris.

—La casa no tiene nada de extraordinario –murmuró.

La tormenta era cada vez más fuerte. Los árboles crujían. Biggi dejó la bicicleta apoyada en el mismo lugar en el que la había dejado antes y se coló a través de la puerta del jardín. Dando grandes pasos se acercó a la Villa Gris.

«Aquí se podría grabar sin problemas una película de miedo», pensó mientras subía los cuatro escalones que la separaban del porche. Se acercó a la puerta de entrada, agarró el picaporte y sonrió satisfecha al notar que se movía. Oyó incluso cómo saltaba el pestillo.

Empujó la puerta hacia dentro, pero no se abrió. Biggi lo intentó una vez y otra más, pero sin éxito.

Sacó la linterna y alumbró la cerradura.

Entre la puerta y el marco quedaba una ranura bastante amplia. Al otro lado se hallaba el oscuro vestíbulo de la Villa. Biggi estaba convencida de que la puerta no tenía candado. Pero ¿por qué no se abría?

«Al menos tengo una buena excusa para explicar por qué no he podido entrar en la Villa», se dijo. Y decidió hacer un par de fotos a través de la ventana. Aquello sería más que suficiente.

Se levantó una ráfaga de viento que silbó al colarse por entre las grietas y las ventanas rotas de la Villa. Sonaba tan horripilante que un escalofrío recorrió la espalda de Biggi.

—¡Ya casi lo has conseguido! –dijo en voz alta tratando de darse ánimos.

Del balcón salía también una escalera pequeña que iba a dar a la parte de atrás del jardín.

Los arbustos se habían extendido tanto que llegaban hasta las propias paredes de la casa. A Biggi le costó trabajo llegar hasta la ventana.

Con dificultad, fue apartando las zarzas que le impedían el paso. Por fin consiguió llegar hasta la ventana. Debajo de ella había una vieja toma de agua preparada para enganchar una manguera. Se subió encima. Sacó la máquina de fotos y la colocó en el agujero que había en el cristal. Su dedo buscó el botón para disparar.

Fue en ese preciso momento cuando

ocurrió: alguien encendió una linterna en la habitación y Biggi se deslumbró. Cerró los ojos. Allí apestaba a tabaco. Sintió cómo alguien le empujaba hacia atrás. Perdió el equilibrio y cayó en el zarzal.

Se incorporó jadeando. Miró de nuevo a la ventana, pero habían apagado la luz. Del interior de la casa salían ruidos de pasos.

Biggi tuvo miedo y salió disparada hacia

la verja. La saltó y se montó en la bici, pedaleando lo más rápido que pudo.

De pronto comprendió por qué no había podido abrir la puerta.

¿Por qué no pudo Biggi abrir la puerta?

¡Fíjate bien en los dibujos!

El gran desconocido

—¡Por hoy tengo más que suficiente! –refunfuñó Biggi y decidió regresar a casa. ¡Cómo se iban a reír de ella Patrick y Luc!

Pero ¿quién estaría en la Villa?, se preguntaba. El roce de las ramas contra la pared de madera la había delatado.

Por fuerza, el desconocido debía de haber estado espiando al otro lado de la ventana. Y por desgracia, ella no había logrado apretar el botón de su cámara. Si lo hubiera hecho, ahora tendría al menos una foto del hombre.

«El tipo me ha empujado brutalmente; no parece que sea muy simpático», pensó.

Tal vez se trate simplemente de un vagabundo. Pero ¿de dónde sacaría esa linterna tan potente?

Biggi se alejó de aquella casa que se hallaba un poco apartada de la ciudad.

Avanzaba por la estrecha carretera

pensando en todo lo que había pasado, cuando de pronto una luz potente se encendió delante de ella. Biggi frenó de golpe y casi sale disparada del sillín.

—¡Alto! –dijo una voz profunda y ronca.

A Biggi le faltaba el aire. Su corazón latía con fuerza.

—¿Qué andabas buscando en la Villa Gris? –preguntó el desconocido.

—Yo… pues a mis amigos –balbució Biggi y, como le deslumbraba la luz, se colocó el brazo a modo de visera sobre los ojos. ¿Quién podía ser? ¿Sería el tipo de la Villa? ¿Cómo es que se hallaba ahora delante de ella? No la había adelantado nadie.

—¡Responde! –exigió aquella voz que sonaba como irreal.

Biggi recordó que mucha gente había creído

que los Robins eran extraterrestres. Solo así se podía explicar su rápida desaparición.

¿Habrían vuelto de nuevo o serían otros visitantes del espacio los que ahora vivían en la Villa Gris?

Biggi pensaba rápidamente en cómo dejar atrás al misterioso desconocido. Fue entonces cuando descubrió algo importante.

¿Qué ha descubierto Biggi?

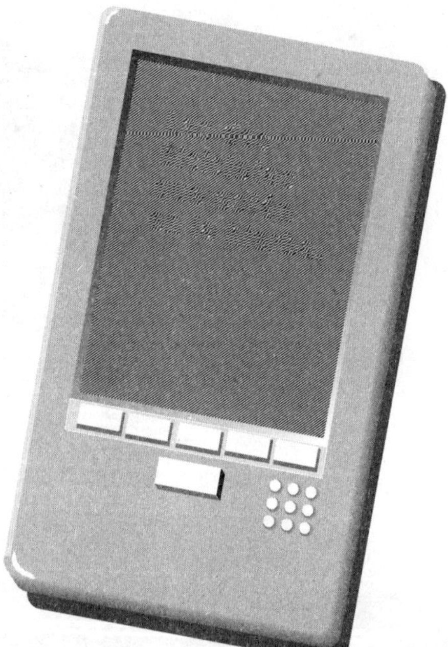

El secreto familiar

—¡Me temo que pronto seré yo la que se ría! –gruñó Biggi.

La luz se movía nerviosa hacia arriba y hacia abajo.

—¿Y por qué? –preguntó la voz distorsionada.

—Luc y Patrick, ¡os creéis muy listos! –dijo Biggi.

La lámpara se apagó y Biggi encendió su linterna y alumbró a los dos chicos que sonreían irónicamente.

—Pero tú has caído en la trampa, ¡acéptalo! –dijo Patrick.

Luc mostró un aparatito parecido a un radiocasete.

—Este chisme es genial. Desfigura la voz hasta hacer que parezca un gruñido.

Biggi se acercó a los dos Tigres y les dijo enfadada:

—No me ha hecho ninguna gracia lo que acabáis de hacer en la Villa Gris. ¿Por qué me habéis pegado ese empujón?

Patrick y Luc se miraron sorprendidos.

—Te llevamos esperando aquí una eternidad. Nosotros no hemos estado en la Villa –aclaró Luc.

Biggi le creyó. Entonces ¿quién estaba en la Villa Gris?

Por desgracia ya era demasiado tarde para volver a aquella casa fantasmagórica.

El Equipo Tigre tenía que regresar rápidamente a casa, si no sus padres les echarían la bronca.

—Mañana echaremos una ojeada a la Villa. ¡Y esta vez no dejaremos sola a nuestra pequeña Biggi! –dijo Luc burlonamente.

Biggi le hizo una mueca y dijo con determinación:

—Digáis lo que digáis, las chicas son más valientes que los chicos.

Al día siguiente era viernes. Como Biggi y Patrick tenían clase por la tarde, cuando llegaron al escondite secreto del Equipo Tigre era ya casi de noche. El escondite se hallaba en el sótano del restaurante chino *El Tigre de Oro*. La entrada, que solo ellos conocían, estaba detrás de una gran estatua que representaba un tigre.

—He estado en el archivo donde se

guardan todos los periódicos de la ciudad y he encontrado un artículo sobre la familia Robins –anunció Luc mostrando una fotocopia. Llena de curiosidad, Biggi le arrebató la hoja. Pasó la vista por el artículo y se quedó mirando la foto.

—Los Robins no tenían ganas de que los fotografiaran –concluyó.

—¿Y por qué no? –preguntó Luc.

Para Biggi solo cabía una explicación.

—Tenían miedo de que alguien los reconociera.

—Eso quiere decir que tenían algo que ocultar –murmuró Luc.

—¿Qué dice el artículo? –preguntó Patrick.

—Habla de una travesura –dijo Biggi–. Con un tirachinas, unos chavales habían lanzado bombas fétidas al interior de la casa. Parece que la intención no era otra que hacer que el chico saliera. Por lo visto, no iba al colegio porque sus padres le daban clase en casa. Cuando los padres

de los chavales fueron a pedir perdón a los Robins, ellos ni siquiera los invitaron a pasar. La foto la hizo uno de los visitantes. Fue también por entonces cuando en toda la ciudad se empezó a hablar de los Robins.

Patrick cogió el artículo que tenía Biggi entre las manos. Enarcó las cejas.

—Pero, ¿no habéis visto esto?

—¿Qué?

Por encima del hombro de Patrick, Luc y Biggi miraron la foto con curiosidad.

¿Qué ha descubierto Patrick?

El resplandor

—Oye, pues yo ni me había dado cuenta –dijo Biggi.

Patrick alzó los brazos como un campeón.

—¡Pero yo sí! ¡Claro! ¡Soy un chico! –dijo con malicia.

Biggi le sacó la lengua y enseguida se echó a reír.

—¿Queréis que hagamos las paces? –les propuso.

—¡Bueno, está bien! –aceptaron los chicos.

—¿Quién será el que está ahí detrás? –preguntó Patrick señalando al hombre de la foto.

—Un hombre vestido de negro y con un arma. ¡Ese no está ahí por casualidad! –murmuró Luc.

—Puede que alguien tuviera secuestrados a los Robins y no los dejara salir de casa –se le ocurrió a Biggi. Pero al instante desechó la idea.

Luc sacó del cajón la linterna más potente que tenía.

—¿Qué os parece si nos acercamos a echar un vistazo a la Villa Gris?

Biggi y Patrick aceptaron la propuesta.

Fueron en bicicleta hasta aquella casa semiderruida, silenciosa y oscura que se hallaba en medio de un jardín medio abandonado. Con todas las luces apagadas, parecía un monstruo gris que estuviera durmiendo.

Había comenzado de nuevo la tormenta y el viento levantaba a su paso las hojas secas. De la Villa Gris salían misteriosos ruidos.

Patrick tragó saliva. Era el primero al que le entraba el miedo. Para que no se lo notaran, se acercó hasta la puerta que daba paso al jardín y la arrancó de cuajo. Así quedó la entrada libre.

El Equipo Tigre metió dentro las bicicletas. Procurando no hacer ruido, se fueron aproximando a la casa.

—¡Pssst! –siseó Luc y señaló hacia el primer piso. Tras las tablas carcomidas de una ventana se podía ver un resplandor.

—Hay… hay alguien en la casa –susurró Biggi con voz ronca.

—Pero no lleva mucho tiempo ahí dentro –respondió Luc en voz baja.

Patrick y Biggi se miraron sorprendidos.

—¿Cómo lo sabes?

Pregunta para ti

¿Por qué lo dice Luc?

Más misterioso, imposible

El Equipo Tigre seguía mirando hacia la ventana iluminada. Habían visto pasar una sombra dos veces.

—¿Quién podrá ser? –susurró Patrick.

Luc se encogió de hombros y dijo:

—Solo lo sabremos si entramos en la casa. ¿No os parece?

Biggi fue la primera en asentir. Luego, Patrick, que no quería quedarse solo allí fuera de ninguna de las maneras. Así que los tres juntos se encaminaron hacia la Villa. Apoyaron las bicicletas contra las oxidadas barandillas del porche y, procurando no hacer ruido, subieron por la escalera y se dirigieron hacia la puerta de entrada. Como la madera crujía a cada paso, tuvieron miedo de que el ruido que hacían los delatara.

Biggi abrió la puerta y alumbró con la linterna. Era un amplio vestíbulo. El papel pintado de las paredes estaba medio arrancado. En el piso de madera faltaban algunas tablas. Se pararon un momento para escuchar con atención. Al no oír ningún ruido, Luc hizo una señal a sus amigos para que lo siguieran. Los tres se dirigieron hacia

una escalera que conducía al piso de arriba. Subieron por ella arrimados a la pared con el fin de hacer el menor ruido posible.

Mientras esto ocurría dentro, fuera en el jardín apareció una figura oscura que hasta ese momento había estado escondida detrás de los arbustos espiando cada uno de los movimientos del Equipo Tigre.

La escalera no iba derecha hacia arriba, sino que más bien semejaba una escalera de caracol. Al llegar al primer piso, estaban tan desorientados que les resultó imposible localizar la habitación iluminada que habían visto desde el jardín.

Estaban ahora en un espacio hexagonal con puertas alrededor e iluminado solo por el pálido resplandor de la luna que se colaba a través de un agujero que había en el techo.

Desconcertada, Biggi sacudió la cabeza. Todas las puertas de las habitaciones estaban abiertas, pero por ninguna de ellas salía luz.

—Seguramente, el desconocido nos ha oído llegar y se ha largado –susurró Luc. No obstante, sacó del bolso su cámara de fotos especial, en la que había puesto un carrete muy sensible, y disparó un par de veces.

¿Cuál era la habitación que andaban buscando? ¿Cuál sería la que habían visto desde el jardín? No tenían valor para entrar en ellas, acercarse hasta las ventanas y mirar hacia fuera.

De puntillas, Luc fue echando un vistazo al interior de cada habitación. Al hacerlo, descubrió enseguida cuál era la habitación que habían visto con luz.

Pregunta para ti

¿Qué habitación era?

Pista Equipo Tigre

¡Fíjate bien en el dibujo de la página 35!

El mensaje fantasma

Luc se limitó a señalar hacia la puerta de la habitación en la que sospechaba había habido alguien.

—¿Estás seguro? –susurró Biggi en voz tan baja que casi ni se la oyó.

Luc afirmó con la cabeza.

Fue entonces cuando los tres Tigres se preguntaron si debían entrar de golpe en la habitación o si tal vez sería mejor desaparecer de allí, pues había sido una insensatez entrar en la Villa fantasma.

Biggi, Luc y Patrick estaban allí parados, casi sin atreverse a respirar.

De pronto vieron un resplandor verdoso que iluminó la estancia.

Los tres se quedaron sin aliento.

Los Tigres se quedaron paralizados por el miedo, mirando hacia el interior de la habitación.

No podían haberse imaginado lo que entonces vieron.

Al fondo de la habitación, casi junto a la ventana, aparecieron tres figuras: un hombre, una mujer y un niño. Iban cubiertos con velos que les llegaban hasta los pies. La ropa que llevaban

puesta debajo estaba más que pasada de moda.

Biggi fue la primera en recuperar el habla.

—Esto... esto no puede ser. Pero si son fantasmas...

El viento empezó a correr por la casa. De la habitación salía un olor mohoso. La corriente de aire cerró de golpe la puerta.

Patrick y Biggi salieron corriendo. Lucas se armó de valor y trató de abrir de nuevo la puerta. Quería ver si los fantasmas seguían allí dentro.

Sin embargo, no fue capaz de mover el picaporte. Lo intentó apretando hacia abajo con todas sus fuerzas, pero ni aun así lo consiguió.

—¡Luc, ven enseguida! –le gritaron desde abajo Patrick y Biggi. El Tigre desistió de su empeño y los tres salieron corriendo de la casa.

Montaron en sus bicicletas y se fueron

de allí a toda prisa. Solo se detuvieron cuando ya estaban bien lejos de la Villa.

—Oye, me están temblando las piernas –dijo Biggi jadeando.

Patrick estaba pálido.

—Eran... eran fantasmas... los espíritus de los Robins. Seguro que los Robins fueron asesinados en esa casa y sus almas no logran recuperar la paz.

Luc sacudió la cabeza.

—Eso no te lo crees ni tú.

—Pues sí que me lo creo. Y además, señor *Sabelotodo*, te diré que estoy segurísimo de ello –dijo Patrick encolerizado–. ¿Quiénes podían ser si no?

—¡Dejad de discutir! –intervino Biggi–. En la Villa Gris hay algunas cosas que no cuadran. Eso está claro. Si queréis que sigamos investigando, estoy con vosotros. Pero os digo una cosa: solo si vamos de día.

Los chicos tampoco tenían ganas de hacer

más escapadas nocturnas. Acompañaron a Biggi a casa y se despidieron de ella.

Biggi abrió la puerta, entró y llevó la bici hasta el cuarto trastero. No había luz, pues la bombilla del techo llevaba fundida algunas semanas y nadie la había cambiado.

Biggi dejó allí la bicicleta a toda prisa, no quedó bien apoyada y cayó al suelo.

«¡Mañana la levantaré!», se dijo. Salió del trastero; luego subió a su habitación.

Cuando la puerta se cerró tras ella, respiró tranquila.

Como a la mañana siguiente hacía sol, Biggi quiso ir al colegio en bici. A la luz del día, el cuarto trastero parecía menos terrorífico, pues el sol entraba a través de dos ventanas enrejadas. Biggi levantó la bicicleta y cuando se disponía a sacarla, descubrió en el suelo un trozo de papel.

En él estaba escrito con letra insegura:

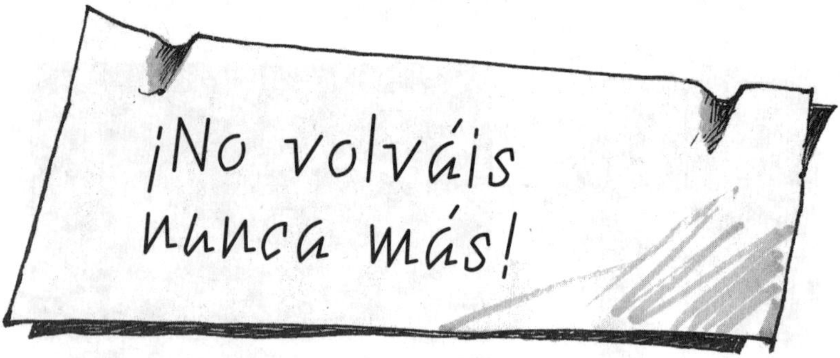

Biggi miró temerosa por todos lados. ¿Cómo había ido a dar allí aquel papel? La puerta tenía candado, las ventanas rejas y además estaban cerradas por dentro.

«¡Un mensaje fantasma!», pensó. Cogió el papel con la punta de los dedos y lo metió en una carpeta. El papel estaba manchado y olía a fruta podrida.

Ya en el colegio, enseñó la nota a Patrick y a Luc.

—¿Cómo había podido ir a parar aquel papel al cuarto trastero? –se preguntaba.

¿Tienes alguna explicación?

Vuelta a la Villa Gris

Biggi respiró aliviada. La explicación de Luc parecía convincente. Sin embargo, no conseguía quitarse de la cabeza a aquellas tres figuras fantasmales que había visto en la Villa Gris. Por la noche se despertó dos veces empapada en sudor. Los espíritus de los Robins la habían perseguido en sueños y habían tratado de apresarla con sus manos heladas.

Biggi temblaba solo de pensarlo.

—¿Podéis venir esta tarde? –preguntó Luc a sus amigos del Equipo Tigre.

Patrick dijo que no con la cabeza.

—Tengo entrenamiento. No puedo escaquearme sin más.

—Bueno. En ese caso, iremos Biggi y yo solos a la Villa Gris –concluyó Luc.

A Patrick no le pareció mal la idea, incluso se alegró de no tener que entrar otra vez en la casa fantasma.

Biggi y Luc tenían muchos deberes para

casa. Cuando terminaron de hacerlos y quisieron llegar a la Villa Gris, ya estaba anocheciendo.

Una fina capa de niebla se extendía por los sembrados y los prados. Al llegar junto a la cerca de la casa, Biggi volvió a recordar la advertencia de la nota.

«¡No volváis nunca más!», estaba escrito en ella.

Sin embargo, estaban de nuevo allí.

Luc notó el miedo en los ojos de Biggi.

—¿Tienes miedo? –preguntó.

—¡Por supuesto que no! –dijo Biggi con decisión. Pero no era cierto.

—¡Ven! –Luc le tiró de la manga de la chaqueta.

Dejaron las bicicletas y se encaminaron hacia la vieja casa por el camino de gravilla.

—¡Espera! –Biggi detuvo a su amigo–. A lo mejor hay alguien escondido en la Villa.

Luc asintió con la cabeza.

—¡Vamos a dar una vuelta alrededor de la casa! –propuso–. Ten los ojos bien abiertos, tal vez descubramos algo: algún movimiento en el interior, algo que haya cambiado, una luz... lo que sea.

Biggi le prometió que prestaría atención. Para asegurarse más aun, dieron dos vueltas. Sin embargo, no descubrieron nada raro. Todo estaba demasiado oscuro.

—¿Quieres que entremos? –preguntó Biggi.

—Hombre, yo creo que ya que hemos

hecho el camino no nos podemos echar atrás–contestó Luc.

Biggi respiró hondo y los dos amigos se encaminaron hacia la puerta de entrada. Ella la abrió y entró. Luc iba detrás, pegado a ella.

Enfocaron con la linterna sobre el papel pintado que estaba hecho jirones.

—¿Qué es lo que realmente andamos

buscando? –susurró Biggi a Luc. Él lo único que hizo fue encogerse de hombros, pues tampoco sabía exactamente lo que buscaban.

—¡Ven, vamos arriba a inspeccionar la habitación de los fantasmas! –propuso él en voz baja. Biggi asintió.

Los dos Tigres han pasado por alto un detalle. ¿Cuál?

Luc desaparece

Luc notó algo muy especial. Según subía los escalones, sus piernas se iban volviendo más pesadas. Le costaba levantarlas. Cuando se volvió para mirar a Biggi, la vio aferrada al pasamanos de la escalera. Sus dedos estaban blancos.

—¿Qué te pasa? –le preguntó.

Biggi tragó saliva.

—Creo que me estoy volviendo loca. La escalera se mueve. Gira.

—Todo eso no son más que imaginaciones tuyas. Eso te pasa porque crees que la casa está embrujada –trató Luc de tranquilizar a Biggi y de tranquilizarse él mismo.

—¿Estás seguro? –dudó Biggi.

Finalmente llegaron al salón hexagonal. Las puertas seguían abiertas.

Lucas retrocedió asustado.

—¡Las paredes... se mueven! ¡Vienen

hacia mí! ¡Nos van a aplastar! –jadeó.

Biggi movió la cabeza sorprendida.

¿De qué estaba hablando Luc?

Miró hacia arriba. A través del enorme agujero que había en el techo vio el cielo negro de la noche.

Cerró los ojos asustada. Aquella abertura en el techo con sus tejas rotas, sus vigas partidas y el ladrillo en ruinas, se

había convertido en una gran boca de la que emergían largos dientes. Al volver a abrir los ojos, aquella boca había desaparecido.

—¿Luc? –la voz de Biggi no era más que un agudo graznido–. ¿Luc?

No recibió respuesta. Miró asustada a su alrededor. Luc ya no estaba a su lado. Había desaparecido.

—¿Luc? Luc, ¿dónde estás? –a Biggi le entró pánico. Su corazón latía con fuerza.

¿Qué era aquello? Los ojos de Biggi se detuvieron en una de las puertas. La madera estaba agrietada y llena de agujeros, como si alguien la hubiera golpeado con un martillo.

Pero lo que más le asustó fue otra cosa: la puerta parecía deformarsc por momentos, como si estuviera hecha de mercurio; se abombaba, como si unas manos poderosas la estuvieran apretando por el otro lado.

Biggi pensó en espíritus encarcelados que querían conseguir la libertad.

¿Y Luc? ¿Dónde estaba Luc?, se

preguntaba desesperada. ¿Qué le había pasado? ¿Cómo podía haber desaparecido en menos de un segundo? ¿Lo habían cogido los espíritus?

Solo de pensarlo, se horrorizaba.

Pregunta para ti

¿Dónde está Luc?

¿Quién está golpeando la puerta?

A Biggi le hubiera encantado salir de allí corriendo. Pero primero tenía que encontrar a Luc.

¿Por qué no contestaba?

—¿Lucas? ¡Responde de una vez! –gritó desesperada.

Algo crujió en la habitación que se hallaba a su izquierda. Biggi se quedó helada. Aquella era la habitación en la que habían visto a los horripilantes fantasmas de la familia Robins. Respiró hondo, se armó de valor y dijo con voz firme:

—¿Quién está ahí?

Oyó unos pasos. No tardaría en salir alguien por la puerta. Biggi abría y cerraba la boca. Tardó un segundo en articular palabra.

—¿Luc?, ¿tú?

Su amigo Tigre le sonreía.

—¿Qué es lo que te sorprende tanto? ¿Quién pensabas que iba a aparecer?

—Pero, ¿por qué no has contestado antes? –le preguntó Biggi irritada.

—¿Es que me has llamado? –Luc parecía no comprenderla.

—¿No me has oído? ¿Por qué te has metido en la habitación de los espíritus? –siguió interrogándole Biggi.

Luc se pasó la mano por el pelo tratando de comprender lo que Biggi le decía. No sabía de qué le estaba hablando Biggi.

—¡Venga, vámonos de una vez! ¡Este cuarto es terrorífico! –dijo Biggi encaminándose a la escalera.

Luc la siguió, pero se detuvo de golpe.

—¿Oyes eso?

—¿Qué?

—Alguien está golpeando una puerta. Abajo en el recibidor.

Biggi escuchó con atención. Ella también lo oyó.

—¿Qué… qué hacemos? –preguntó en voz baja.

—¡Observar, prestar mucha atención! –dijo Luc.

Apretados el uno contra el otro, bajaron por la escalera. En el recibidor no se oía ningún ruido ya. Habían cesado los golpes.

Ahora era Luc el que quería salir pitando de allí. Pero de nuevo empezaron a sonar los golpes. Venían del sótano.

Los dos amigos Tigres se miraban sin saber qué hacer. ¿Debían bajar? Ambos movieron afirmativamente la cabeza casi a la vez.

Los golpes eran cada vez más fuertes. La

puerta, que estaba medio podrida, tembló. Parecía que alguien estuviera encerrado allí.

Se oyó un fuerte golpe y saltaron algunas astillas. Por la parte baja de la puerta vieron asomar una bota de montar en moto, pero desapareció enseguida.

Alguien trataba con todas sus fuerzas de abrir la puerta. Luc tiró de Biggi y los dos se escondieron detrás de los trastos viejos que estaban apilados junto a la escalera. Al momento, la puerta se desprendió de sus goznes y cayó estrepitosamente al suelo.

Desde su escondite, los dos amigos vieron salir a un joven de pelo rubio, con unos vaqueros y una chaqueta de cuero manchada por delante. Resollando, se limpió la mejilla. Luego se pasó la mano por la nuca y su cara se contrajo de dolor.

Arrimado a la pared, llegó hasta la puerta de entrada y salió a toda prisa de la casa. La luz de las farolas dibujó una enorme sombra en el suelo y las paredes.

—¿Qué… qué le ha pasado? –preguntó Biggi en voz baja.

Luc no tenía ninguna respuesta. Salió

de entre los trastos y se dirigió hacia la puerta que acababa de romper el joven. Observó con atención el marco y pareció dar con la respuesta.

—¿Ya no me hablas? –le dijo Biggi.

1. ¿Qué le ha pasado al hombre?

2. ¿Cómo estaba la puerta: cerrada con llave o clavada con puntas?

Prisioneros

Biggi había seguido escondida detrás de los trastos que había junto a la escalera. Tenía ya los pies dormidos y le picaban. Trató de levantarse apoyándose contra la pared que tenía detrás. Al hacerlo, algo crujió con fuerza. Biggi se volvió sorprendida y alumbró con la linterna.

—¡Luc, ven corriendo! Aquí hay una puerta secreta –susurró nerviosa.

Su amigo Tigre llegó enseguida. Se puso la linterna entre los dientes al tiempo que trataba de abrir la puerta con los dedos. Pero no lo consiguió.

—¡Déjame probar a mí! –dijo Biggi que había descubierto un trozo de alambre–. A lo mejor la podemos abrir con esto.

Hizo con él un gancho y lo introdujo por la estrecha abertura.

—¡Estupendo! –dijo Luc, cuando Biggi logró abrir la puerta.

Si querían ver lo que había dentro, tendrían que abrirla más. Y para ello tenían que apartar las cajas y tablas que había delante. Cada tabla que movían hacía un ruido terrible.

Lleno de curiosidad, Luc alumbró al interior del cuarto.

—¿Qué hay ahí dentro? –preguntó Biggi.

—Una escalera que lleva al sótano –respondió Luc.

Luego, todo ocurrió muy rápido. Alguien empujó a Luc por detrás y entró de golpe. Casi al mismo tiempo, Biggi pegó un grito y chocó contra él. Los dos bajaron rodando por la húmeda escalera.

La puerta secreta se cerró.

—¡Idiota! –oyeron que decía una voz ronca al otro lado de la puerta.

—¿Por qué? Son esos pequeños curiosos que han estado rondando por aquí un par de veces –dijo una voz quejumbrosa.

—Sí ¿y qué? ¿Quieres dejarlos pudrirse ahí abajo?

El otro se rió.

—No sería una mala idea. Si los dejamos libres, lo primero que harán estos mocosos será contárselo todo a sus padres. ¡Al instante tendríamos a los polis aquí!

—¡Vosotros dos no valéis ni para

percheros! –oyeron que decía una tercera voz que sonó más fuerte que las otras dos.

Los dos amigos del Equipo Tigre estaban en la escalera, muy juntos y en cuclillas, tratando de no perderse ninguna palabra de la conversación que tenía lugar al otro lado de la puerta secreta. Al menos, las linternas seguían encendidas.

De repente, Biggi agarró a Lucas por la mano y le hizo una seña. Quería bajar y ver adónde conducía aquella escalera.

Pero Luc se resistía. ¿No sería mejor quedarse allí y seguir escuchando lo que hablaban aquellos tres tipos?

Biggi decidió bajar ella sola y echar un vistazo. Sus rodillas y sus manos temblaban como las hojas de un álamo.

—¡Tened cuidado de que los chicos no se escapen! –dijo la voz fuerte–. Tapad todos los agujeros, ¿entendido?

Luc oyó pasos. Aquello quería decir que los hombres se separaban.

A continuación, escuchó la voz de Biggi que lo llamaba:

—¡Ven... ven enseguida!

Al bajar, Luc sintió que casi no tenía fuerzas en sus piernas. Sin decir palabra, Biggi señaló hacia arriba donde había una ventana que daba directamente al jardín.

—¡Tiene rajas! –se quejó Luc–. Por ahí no podemos salir.

De pronto vieron aparecer dos zapatillas de deporte al otro lado de la reja. Luc indicó a Biggi que apagara la linterna. Se retiraron hasta el rincón más apartado, mirando aquellos dos pies que, al poco, se pusieron de nuevo en movimiento.

Biggi lanzó una mirada interrogativa a Luc. ¿Qué iban a hacer ahora?

Pregunta para ti

¿Qué deben hacer ahora?

¡Quietos, no os mováis!

Biggi fue hasta la ventana del sótano e hizo una seña a Luc. Él tenía que juntar las manos, ella pondría el pie encima, se elevaría y podría golpear el cristal. Cuando estaban en ello, oyeron unos ruidos procedentes de la escalera. La puerta secreta se abrió. Dos hombres entraron en el sótano con la intención de coger a los Tigres. Cada segundo era vital.

Luc estaba tan nervioso que no era capaz de mantener unidas las manos. Tres veces cayó Biggi al suelo al tratar de elevarse apoyando el pie en las manos de Luc.

Los hombres comenzaron a bajar por la escalera. Les costaba avanzar pues los peldaños estaban llenos de escombros y barro.

—¡Ten cuidado no te vayas a caer! –dijo uno–. Una vez me rompí la pierna bajando por una escalera así.

—Todo esto me está empezando a poner

de los nervios –gruñó el otro–. Y lo más ridículo de todo fue la idea de Rolf de que nos pusiéramos esos disfraces de fantasmas. Tenía la impresión de estar en una fiesta infantil.

Las voces se oían cada vez más cerca. Por fin, Biggi logró ponerse de pie sobre las manos de Luc y golpear el cristal. Al hacerlo, se desprendió la masilla que sujetaba el cristal y éste cayó al suelo partiéndose en mil pedazos.

Del susto, Luc separó las manos y Biggi cayó al suelo de piedra.

Por la ventana asomó la cara de Patrick.

—¿Qué...vosotros? ¿Qué hacéis ahí? –balbució.

—¡Ahórrate el discurso y arranca la reja! –lo apremió Biggi mientras se tocaba la parte dolorida.

Patrick se agarró con fuerza a los barrotes de hierro y empezó a tirar de ellos. Pero la reja estaba bien sujeta y no se desprendía.

—¿Qué andan haciendo nuestras ranitas ahí abajo? –oyeron Biggi y Luc que preguntaba uno de los hombres. No les faltaba casi nada para llegar hasta donde ellos estaban.

—¡Venga, date prisa! –apremiaron a Patrick.

El Tigre respiró hondo y lo intentó de nuevo. Esta vez los barrotes empezaron a desprenderse de la pared.

Patrick siguió tirando con fuerza de los barrotes. Dio un grito y cayó hacia atrás con la reja en la mano.

¿Pero cómo iban a poder Luc y Biggi llegar hasta la ventana?

—¡Primero tú! –siseó Biggi y unió sus manos para que Luc pudiera poner el pie y subir. Ella se sirvió de un pequeño bidón de lata que estaba junto a la pared. Justo en el momento en que ella trataba de salir por la ventana, llegaron los hombres.

—¡La pequeña se escapa! –gritaron mientras trataban de evitar que Biggi saliera. Lograron agarrarla por un pie.

Por fuera, Luc y Patrick tiraban con fuerza a Biggi.

—¡Ay… me vais a romper! –se quejó Biggi.

—¡Quítate el zapato! –dijo Patrick.

Biggi se desprendió de él.

Los hombres se quedaron con el zapato en la mano mientras el Equipo Tigre emprendía la huida.

—¡Malditos intrusos! –dijeron. En el primer piso, una contraventana se abrió de golpe. El tercer hombre se asomó para ver lo que pasaba.

—¡Quietos, no os mováis! –gritó a los Tigres.

Pero los tres amigos estaban ya subidos en las bicicletas y salieron de allí a toda prisa.

Pregunta para ti

La Villa Gris lleva mucho tiempo deshabitada, ¿no notas algo extraño en el sótano?

¿Quién es el joven rubio?

Una vez que el Equipo Tigre se hubo alejado lo suficiente de la Villa Gris, aflojó la marcha. Subieron a una pequeña colina desde la que se divisaba la casa fantasma, se detuvieron allí jadeantes y echaron un vistazo.

Luc sacó de su bolsa unos prismáticos y se puso a mirar con ellos la Villa.

—¡Los tres tipos salen de la casa! –informó.

—¡Claro, porque nos buscan! –dijo Biggi.

—¡No! Más bien da la impresión... de que hubieran visto a un fantasma. ¡No paran de pasarse la mano por la cara, se frotan las orejas y se tiran de los pelos!

Luego Luc pasó los prismáticos a sus amigos para que vieran con sus propios ojos lo que él les acababa de contar.

Biggi le dio la razón. Resultaba imposible identificar a ninguno de los tres hombres. Distinguió solo tres sombras que agitaban los

—¡Quietos, no os mováis! –gritó a los Tigres.

Pero los tres amigos estaban ya subidos en las bicicletas y salieron de allí a toda prisa.

La Villa Gris lleva mucho tiempo deshabitada, ¿no notas algo extraño en el sótano?

¿Quién es el joven rubio?

Una vez que el Equipo Tigre se hubo alejado lo suficiente de la Villa Gris, aflojó la marcha. Subieron a una pequeña colina desde la que se divisaba la casa fantasma, se detuvieron allí jadeantes y echaron un vistazo.

Luc sacó de su bolsa unos prismáticos y se puso a mirar con ellos la Villa.

—¡Los tres tipos salen de la casa! –informó.

—¡Claro, porque nos buscan! –dijo Biggi.

—¡No! Más bien da la impresión... de que hubieran visto a un fantasma. ¡No paran de pasarse la mano por la cara, se frotan las orejas y se tiran de los pelos!

Luego Luc pasó los prismáticos a sus amigos para que vieran con sus propios ojos lo que él les acababa de contar.

Biggi le dio la razón. Resultaba imposible identificar a ninguno de los tres hombres. Distinguió solo tres sombras que agitaban los

brazos y señalaban en dirección a la Villa. Al final se alejaron de allí.

Biggi sospechó algo.

—Probablemente les haya pasado a ellos lo mismo que a nosotros.

—Es posible –gruñó Luc y se volvió hacia Patrick–. ¿Puedes decirme por qué nos seguiste?

El Tigre se encogió de hombros.

—Me dio la corazonada de que podíais necesitar ayuda.

Biggi resolló.

—¡Y cómo la hemos necesitado!

A continuación, el Equipo Tigre se retiró a su escondite secreto para deliberar.

Con el fin de reponer fuerzas, encargaron en el restaurante chino tres rollitos de primavera.

Luc escribió en el ordenador lo que habían vivido esa noche. Era mucho.

¡En la casa reina el miedo!, escribió. *Yo no creo que existan fantasmas, pero tampoco logro explicarme lo que hemos vivido.*

«Los tres hombres esconden alguna cosa en la Villa; por eso no quieren que nadie los descubra», pensó Biggi.

—Para asustarnos, se han disfrazado y nos han hecho creer que eran los fantasmas de los Robins –añadió Luc. Tomó la fotocopia del artículo aparecido en el periódico y se quedó contemplando la foto. Luego se echó para atrás y dijo estirándose:

—Esto… esto podía ser una posibilidad.

—¿De qué estás hablando? –preguntó Biggi.

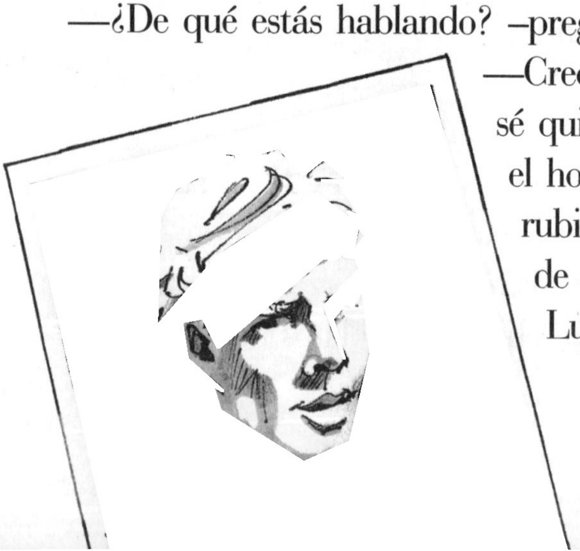

—Creo que ya sé quién es el hombre rubio vestido de negro –dijo Luc orgulloso.

—¿El rubio? –preguntó Patrick.

—Sí, un hombre que vimos en la casa. Daba la impresión de que lo habían golpeado y encerrado en una de las habitaciones. ¡Puede que estuviera poniendo en peligro los planes de los tres! –le aclaró Biggi.

–¿Quién sería? –se preguntó Patrick.

Pregunta para ti

¿Quién es el joven rubio?

Pista Equipo Tigre

Encontrarás informaciones importantes en la tarjeta coleccionable.

En los puestos de observación

Luc demostró que sus sospechas eran fundadas. A grandes rasgos, explicó a Biggi y a Patrick cuáles eran las características de una persona que se mantienen con el paso de los años.

—¡El chico rubio tiene también las orejas pequeñas y los lóbulos pegados! ¡Lo mismo que el joven de la foto! –contó nervioso el Tigre–. Además, tiene los ojos muy juntos. Esos rasgos se mantienen durante toda la vida.

—¡Probablemente tengas razón! –dijo Patrick, y Biggi asintió con la cabeza.

Pero quedaban todavía algunas preguntas por responder: ¿Quiénes eran aquellos hombres? ¿Por qué había regresado a la casa el chico de los Robins después de tantos años? ¿Qué estaba pasando en la Villa Gris?

El Equipo Tigre decidió que durante el fin de semana observaría con atención la Villa desde la colina.

—Eso no resultará peligroso, y tal vez

podamos sacar algo en claro –dijo Lucas.

Y al momento se puso a buscar entre las cajas que había en la estantería del escondite secreto. En alguna de ellas debía de haber unos prismáticos y un telescopio. Pero lo que encontró primero fueron un montón de cosas que no buscaba: un hilo de nailon, una lupa de mucho aumento, un pequeña cerbatana, tres petardos de gran potencia, un tubo de color fosforescente –de esos que se iluminan en la oscuridad– y una flauta con la que se podía imitar el canto de los pájaros.

Por si acaso, Luc metió todas aquellas

cosas en su mochila. Finalmente, encontró el telescopio y los prismáticos. ¡Estaban donde Biggi guardaba sus golosinas!

—¡Ya va siendo hora de que coloquemos esto un poco! –gruñó el Tigre.

Biggi se encogió de hombros.

—¿Por qué? Tú sabes que el que todo lo ordena es un vago al que no le gusta buscar.

El sábado, a las nueve de la mañana, comenzaron con la observación de la Villa Gris. En la colina había un gran castaño y debajo de él un banco. Desde allí podían observar sin problemas la villa de los fantasmas.

No tuvieron que esperar mucho para ver movimiento en torno a la casa, pues al poco vieron aparecer una furgoneta. De ella bajaron siete hombres con cajas de herramientas vestidos con monos de tirantes. A paso ligero entraron en la casa. En la furgoneta estaba dibujado un enorme grifo del que caían unas gotas: aquel era el distintivo de los fontaneros.

—¿Qué harán tantos fontaneros ahí metidos? –se preguntó Patrick sorprendido.

Estuvieron dentro de casa hasta el mediodía, luego salieron, subieron a la furgoneta y se marcharon.

Biggi hizo una seña con la cabeza a los chicos.

—No vamos a tener otra ocasión como esta. Nadie nos va a molestar ahora. ¡Venga, vamos a ver qué es lo que han estado haciendo en la casa!

—¡Lo mejor será que nos quedemos aquí! –opinó Luc.

—¿Tienes miedo? –preguntó burlonamente Biggi.

–¡No! –El Tigre movió enérgicamente la cabeza-. Pero tú no te has dado cuenta de un detalle.

¿Qué detalle se le ha pasado por alto a Biggi?

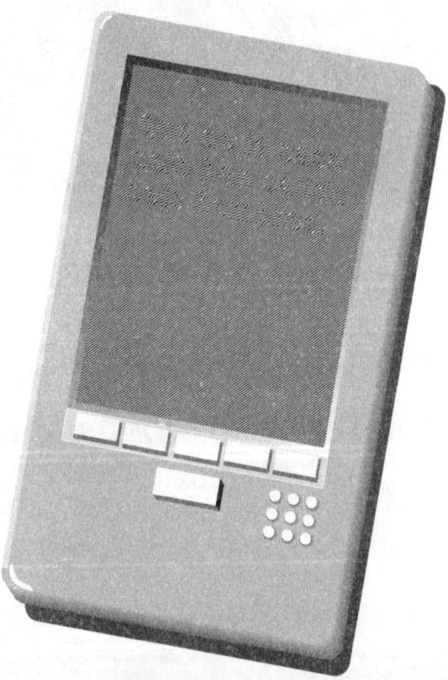

El séptimo hombre

Biggi tuvo que aceptar de nuevo que Luc era mejor detective que ella. Los tres esperaron sentados en el banco. Pero no pasó nada. Para matar el tiempo, Biggi se puso a comer barritas de avellanas.

—¿Y si nos hemos confundido al contar y resulta que solo eran seis hombres? –se preguntó Biggi.

Luc estaba segurísimo de haber contado siete.

Decidieron acercarse a la Villa Gris por un camino vecinal. Querían seguir espiando la casa, pero sin entrar dentro.

Dicho y hecho. El camino estaba tan mal que no podían ir por él montados en las bicicletas. A un lado y a otro se extendían campos recién cosechados. Se detuvieron junto a un árbol alto y de copa amplia. En sus ramas ya quedaban pocas hojas.

Patrick señaló hacia arriba.

—Un puesto de observación de cazadores. Esto nos vendrá de maravilla.

Dejaron las bicicletas apoyadas contra el tronco y subieron con cuidado por una escalera hecha de palos. Arriba, entre dos ramas había construida una pequeña plataforma en la que unas cajas viejas de madera hacían las veces de asientos. Los Tigres se acomodaron allí y se pusieron de nuevo a observar la Villa Gris.

—No se ve a nadie –suspiró Luc.

—¿Qué es lo que habrán hecho ahí dentro los fontaneros? –preguntó Biggi.

Lucas se encogió de hombros.

—A lo mejor no eran fontaneros, sino solo ladrones disfrazados.

Estaban en esto, cuando oyeron el ruido de un motor que se acercaba. Era un motorista. Se detuvo cerca de la Villa y se quitó el casco.

—¡Es el chico rubio... el hijo de los Robins! –dijo Biggi sorprendida.

El joven escondió la moto detrás de unos arbustos y se quedó un momento parado en medio de la calle. Luego entró por la puerta del jardín y se puso a mirar por todos lados. Al poco, los Tigres oyeron un grito.

—¡Ahí está el hombre que faltaba! ¡Se ha lanzado contra el hijo de los Robins! –empezó a decir Luc con voz entrecortada mientras seguía mirando con los prismáticos.

—¡Tenemos... tenemos que ayudarlo! –decidió Biggi.

Patrick sacudió la cabeza.

—De ninguna manera, estoy segurísimo de que el hombre va armado. Eso nos podría costar la vida.

El Equipo Tigre se hallaba a unos cien metros de la Villa Gris. Ellos eran los únicos testigos de la pelea. La casa más próxima se hallaba bastante lejos.

El fontanero sacó una pistola y apuntó con ella al joven de los Robins.

Luc sacó rápidamente de su bolsa un aparato parecido a un micrófono al que iban conectados unos auriculares. Se los puso y encendió el aparato. Escuchó unos ruidos agudos y algunas palabras. Con aquel artilugio era posible escuchar conversaciones que tenían lugar a bastante distancia.

—¿Dónde están? ¡Habla de una vez, desgraciado! –gritó el fontanero.

El joven Robins no respondió.

—¡Tengo otros medios para hacerte hablar! –lo amenazó.

El Equipo Tigre se veía obligado a actuar. Pero no tenía tiempo de avisar a la policía.

Luc se preguntó si no tendría en su mochila algo que le pudiera ser útil en esos momentos.

Pregunta para ti

¿Qué puede servir a Luc?

Biggi se lo juega todo

Luc puso los petardos en el suelo, los encendió y fue a esconderse detrás del tronco de un árbol. Allí lo esperaban ya sus amigos Tigres.

El primero de los petardos hizo un ruido ensordecedor. El segundo hizo temblar el suelo. El tercero tardó un poco en explotar, pero luego sonó como un cañonazo.

Al oír aquellas explosiones, el ladrón se asustó y miró hacia el lugar del que venían los petardazos. No sabía qué hacer. Mientras, el chico rubio aprovechó la ocasión para escapar. Cuando el ladrón se volvió hacia el joven Robins, este había desaparecido sin dejar rastro.

El fontanero salió corriendo en su busca. Pero a los pocos minutos regresó visiblemente malhumorado. Patrick estaba convencido de que la maniobra de los siete fontaneros no había sido más que una trampa en la que el joven Robins había caído como un conejo.

Debió de pensar que no quedaba nadie más en la Villa y se había visto sorprendido por el séptimo hombre.

Luego vieron cómo aquel granuja llamaba con un móvil. Al poco rato, vino la furgoneta a recogerlo. Después, vieron aparecer al chico rubio que fue directamente hacia el lugar donde había dejado escondida la moto. La arrancó y salió disparado a toda velocidad.

—¿Está el terreno despejado? –preguntó Biggi a los chicos.

Patrick dijo que sí con la cabeza.

—No obstante, creo que no debemos entrar en la Villa –dijo Luc.

Pero Biggi quería averiguar qué era lo que habían estado haciendo allí los fontaneros.

—Me voy a acercar dando un rodeo. ¡Si veis peligro, pegáis un silbido! –dijo a sus amigos.

Luc sacudió la cabeza.

—¿Silbando? ¡Llamaríamos muchísimo la atención!

—¡Bueno, entonces coge el reclamo e imita el ruido del mochuelo! –le dijo Biggi.

Antes de que Luc pudiera replicar, Biggi ya no estaba a su lado.

Fue andando a lo largo del seto que separaba las parcelas y llegó hasta la parte occidental del jardín. Tampoco desde esta

parte la Villa daba la impresión de ser muy acogedora.

Muchas de las tablas que formaban la verja estaban podridas; otras habían desaparecido. Biggi se coló por un hueco y trató de abrirse paso entre la maleza. Quería echar un vistazo al interior de la casa por alguna de las puertas o ventanas que había a los lados.

Llegó a un lugar donde la hierba estaba pisoteada. Allí debió de tener lugar la pelea entre los dos hombres.

Con cuidado, Biggi levantó la cabeza para mirar hacia donde creía que se hallaban Patrick y Luc. Pudo reconocer el árbol con el puesto de observación entre las ramas, pero no vio ni rastro de los chicos. ¡No la habrían dejado en la estacada! Aunque no querían que ella emprendiera sola aquella aventura ¡no se habrían ido sin más!

¿Qué debía de hacer? ¿Desaparecer lo más rápidamente posible?

No, no quería abandonar tan pronto. De repente descubrió algo brillante entre la hierba. Se agachó y recogió una especie de carta. Era gris y en ella no había nada escrito. A su lado había una caja de cerillas roja con letras de oro. Era un regalo del *Hotel Silberwolf*. Biggi se guardó las dos cosas en el bolsillo de su chubasquero. Durante unos segundos retuvo el aire en los pulmones y se puso a escuchar con atención. ¿Venía alguien? ¿Qué era aquel ruido que se oía? ¿Eran pasos?

Era el momento adecuado para llegar hasta la casa.

Patrick y Luc no se habían ido. Estaban agachados en el puesto de observación y, de puro nerviosismo, se mordían las uñas.

—No teníamos que haberla dejado ir sola –se reprochaba Patrick.

—Pero tú sabes que Biggi es una cabezota y se sale siempre con la suya –le replicó Luc. Miró hacia la carretera. La

furgoneta de los fontaneros volvía otra vez a la casa.

—¡Maldita sea! –se lamentó.

Sus manos estaban sudorosas cuando tomaron el reclamo. Respiró hondo y se lo acercó a los labios. Pero al instante lo retiró.

—¿Qué te pasa? ¡Tienes que avisar a Biggi! –le apremió Patrick.

—Yo... yo no sé cómo hace el mochuelo –dijo Luc avergonzado.

Patrick suspiró profundamente.

—Hombre, esta sí que es buena. Tú, que siempre lo sabes todo. ¿No puedes mirar en tu miniordenador?

—¡No lo tengo aquí! –respondió Luc.

Entretanto, tres hombres habían bajado de la furgoneta. Estaban todavía junto a la puerta del jardín y miraban la fachada de la Villa Gris. Lo más seguro es que entraran enseguida y descubrieran a Biggi.

Pregunta para ti

¿Qué ruido hace el mochuelo?

El mensaje de agua

Sin ayuda de nadie, Biggi se había subido a pulso al alféizar de una de las ventanas. Y pudo echar una rápida ojeada a la habitación antes de que le fallaran las fuerzas y cayera al césped.

—¡Madre mía! –murmuró. Le resultaba difícil creer lo que acababa de ver.

—*¡Chuju, chuju!* –se oyó a lo lejos.

Era el ruido que hacen los búhos. A esa hora del día era imposible que alguno anduviera por ahí cantando. Tenían que ser Patrick y Luc. Lo más probable es que no pudieran imitar el canto de los mochuelos.

El corazón de Biggi se puso a latir con fuerza. Oyó chirriar la puerta del jardín y pasos sobre el abandonado camino de gravilla.

Alguien se dirigía a la entrada principal de la Villa. Si le daba por mirar a la izquierda, la descubriría.

A rastras, Biggi se escondió detrás de un rosal. No resultaba un buen escondite pues había perdido todas sus hojas.

Oyó voces de hombres.

—Esta vez os cargáis todo –dijo uno.

—Pero... pero es que aquí hay gato encerrado. Las tablas del suelo... han intentado pillarnos –se quejó otro.

—Eso no te lo crees ni tú –rió su compañero.

Los ojos de Biggi se dirigieron hacia el zócalo de piedra de la casa. Allí había una caja de metal bastante deteriorada que estaba medio abierta. Vio interruptores y un contador bastante sucio. ¿Era cierto lo que veía? El contador funcionaba. Aquello quería decir que en la Villa había luz. Tenían que haberla conectado hacía poco tiempo.

—¿Y si el testigo se ha escondido por ahí fuera? –oyó que decía uno de los hombres.

A Biggi se le paralizó la sangre en las

venas. Si venían ahora, la descubrirían enseguida.

—¡Es posible! Voy a dar una vuelta alrededor de la casa, ¡vosotros podéis seguir trabajando aquí dentro!

Esta voz parecía ser la del jefe de la banda.

La peor de las pesadillas se hizo realidad. Biggi miró a su alrededor buscando un camino de fuga. Pero no había ninguno. Cerró los ojos y contuvo la respiración.

El ruido de los pasos era cada vez más claro.

—¡Eh, jefe, rápido! Willi se está volviendo loco. ¡Dice que la escalera se lo quiere tragar! –alguien pidió ayuda desde dentro.

El hombre se dio la vuelta y Biggi oyó sus pasos sobre la terraza. Más relajada, respiró hondo y desapareció de allí a toda velocidad.

Patrick y Luc se alegraron muchísimo de ver de nuevo a Biggi sana y salva. Cogieron sus cosas y se marcharon rápidamente a su escondite secreto.

—¿Quién y por qué ha conectado la luz en la Villa Gris? –se preguntaba Biggi–. Hasta ahora no había ninguna bombilla encendida en la casa.

Luc golpeó sobre la mesa. Se le había ocurrido una explicación, pero pensó que lo mejor sería no comentarla todavía.

Patrick colocó a contraluz aquella especie de carta que Biggi había encontrado sobre la hierba y la examinó con la lupa. No se notaba nada especial. Desconcertado, la dejó aparte y se sirvió un vaso de limonada. Estaba tan metido en sus pensamientos que algunas gotas cayeron sobre la hoja. Entonces, dijo jadeante:

—¡Chicos… lo gris… se hace transparente… aquí hay algo escrito!

Biggi enarcó las cejas.

—Yo sólo entiendo la palabra «habitación».

Tampoco los chicos lograron entender el sentido del texto. El Equipo Tigre se quedó allí sentado y cavilando hasta que se hizo de noche. Al final dieron con la clave para descifrar el texto.

¿Qué dice la nota?

El mensaje lo encontrarás en el sobre del Equipo Tigre. Humedécelo y entonces lo podrás leer.

—¿Y qué puede significar eso? –preguntó Biggi mirando fijamente a los chicos.

Luc se limitó a sacudir la cabeza.

—Ni idea –dijo Patrick en voz baja.

Fue entonces cuando Biggi se acordó de la cajita de cerillas que había metido en su bolsa.

—Esto estaba allí, junto a ese mensaje tan raro. A lo mejor el joven Robins vive en ese hotel. Podríamos ir a dar una vuelta por allí.

Patrick no las tenía todas consigo.

—¡Puede ser peligroso!

—Nos encontraremos con él en el vestíbulo del hotel. ¿Qué nos puede hacer allí? –dijo Biggi.

Así que se fueron al *Hotel Silberwolf*, pero no tuvieron suerte. Nadie conocía allí al señor Robins. Ya se iban decepcionados, cuando se abrió la puerta del ascensor y salió el joven rubio. Los tres se miraron sorprendidos.

Biggi se armó de valor y se dirigió a él.

—Hemos encontrado esto. ¡Creo que lo ha perdido!

Le alargó el mensaje. Robins se lo arrancó de la mano.

—Nos gustaría saber qué es lo que está pasando en la Villa Gris –dijo Luc sin andarse con rodeos–. ¿Qué es lo que buscan esos hombres? Parece que no se llevan muy bien con usted ¿no?

El joven miró por todos lados para comprobar si había alguien espiándolos.

Patrick lo tranquilizó diciendo:

—Por si no lo sabe, nosotros fuimos los que tiramos los petardos esta tarde. Le salvaron de una buena ¿no es verdad?

El rostro del joven se iluminó de repente.

—¿De verdad fuisteis vosotros? Os estoy muy agradecido.

—Eso está muy bien, pero más nos gustaría si nos explicara algunas cosas –dijo Biggi sonriéndole.

Robins se los llevó a un rincón tranquilo y algo apartado, y allí se sentaron en cómodos sillones.

—¿Quiénes sois vosotros? ¿Una especie de detectives aficionados? –preguntó.

Los tres dijeron que sí con la cabeza.

—Ya hemos resuelto un montón de casos –dijo Patrick con orgullo.

Le informaron luego de todo lo que habían descubierto sobre el caso *Villa Gris*. El señor Robins iba de sorpresa en sorpresa.

—Estáis sobre una buena pista. No obstante, os ruego que os mantengáis al margen. ¡Esto tiene que ver con la mafia!

—¿Con la mafia? –los Tigres se quedaron paralizados.

—Hace treinta años, mi padre fue llamado como testigo para declarar en un proceso contra un jefe mafioso en los Estados Unidos. Toda la familia estaba en peligro. Por eso nos acogimos a un programa de protección del Gobierno –contó Robins–. Nos dieron una identidad falsa y nos llevaron a un lugar secreto: a la Villa Gris.

—Ah, eso explica que en la foto del periódico apareciera un hombre con una pistola. ¡Era el encargado de protegerlos! –dedujo Luc.

Robins asintió con la cabeza.

—Bueno, tengo que deciros que mi padre era químico y había descubierto vacunas contra enfermedades incurables. Pero, desgraciadamente, también un veneno mortal. Con sólo unas gotas, se podía destruir toda una región.

El Equipo Tigre escuchaba ensimismado.

—Una noche se supo que la mafia había descubierto nuestro escondite. Por eso tuvimos que abandonar enseguida la casa. Después del proceso, y para que nadie nos pudiera encontrar, nos dieron una nueva identidad, tuvimos que mudarnos de ciudad y comenzamos una nueva vida –continuó Robins–. Solo así podíamos estar seguros de que la mafia no nos encontraría ni se vengaría de nosotros.

—Así se explica que nadie conozca aquí a ningún Robins –dijo Luc, que ya se imaginaba por qué había regresado el joven de los Robins–. Acaban de descubrir que la fórmula del veneno se halla escondida en la Villa Gris.

—¡Así es! Mis padres fallecieron hace unos años en un accidente de coche. Hace solo un par de semanas que descubrí en unos viejos papeles en qué lugar de la Villa Gris se hallan escondidas esas fórmulas. Y las quería encontrar a toda costa para destruirlas.

—¡Pero la mafia se le ha adelantado! –dijo Biggi.

Robins suspiró.

—Sí. He alquilado la vieja Villa y dado de alta la luz. Así he podido activar también un sistema que había preparado mi padre: proyectando rayos invisibles e inofensivos se pueden provocar terribles alucinaciones. La caja de distribución se encuentra en el sótano.

Eso explicaba lo de los fantasmas.

—Esos tipos de la mafia han aparecido de repente. Puede que me llevaran siguiendo mucho tiempo, abrigando siempre la esperanza de que un día les condujera al lugar en el que se hallan las fórmulas químicas.

—Los mafiosos han puesto la casa patas arriba –informó Biggi–. Pero todavía no han encontrado nada.

—¡Ni yo tampoco! –admitió Robins–. ¡Y no me gustaría volver a caer en sus manos!

Luc se puso a buscar en su bolsa y sacó las fotos que había hecho en la Villa.

—¿Qué parte de la casa da al oeste? –preguntó.

—La de la derecha –dedujo Patrick.

Luc observó con atención la foto. Como las puertas estaban abiertas, en las fotos se veía también el interior de las habitaciones.

—¡Ya lo he revisado todo y no he encontrado nada! –gruñó Robins.

Biggi tomó la foto que Luc tenía en la mano. Recordaba muy bien cómo era por fuera la pared occidental de la casa. Eso la llevó a sospechar dónde podían estar aquellas fórmulas.

¿Dónde pueden estar escondidas?

Pista Equipo Tigre

Fíjate bien en el dibujo de la página 94.

Un buen truco

—Sois muy listos –concluyó Robins–. Lo único que temo es que he llegado demasiado tarde. Los mafiosos ya habrán descubierto la habitación secreta.

—Puede que no. Esos rayos fantasmagóricos ponen las cosas bastante difíciles. Tenemos que dar con esa habitación antes que ellos.

—¿Vosotros? ¡Nunca! ¡No quiero, por nada del mundo, que volváis a poner vuestra vida en peligro! –dijo con firmeza el señor Robins.

—Si usted quiere arriesgarse, es su problema. Pero nosotros podríamos buscar esas fórmulas y ponerlas en un lugar seguro –dijo Luc.

Los tres se miraron sin comprender lo que quería decir. Luc les explicó el plan que tenía pensado. A Robins y a los otros dos Tigres les pareció una idea estupenda. Aquello tenía muchas posibilidades de éxito.

El señor Robins cogió la moto y salió a toda velocidad. El Equipo Tigre lo siguió con las bicicletas. Para que los bandidos no los descubrieran, abandonaron el camino principal y tomaron un atajo. De esta manera consiguieron llegar a la parte trasera de la Villa.

Robins dejó la moto apoyada en la cerca. Del cajón de la moto sacó un destornillador bastante grande. Se dirigió a la Villa Gris y buscó la pared exterior. Tanteó la madera hasta que encontró un lugar en el que la pared sonaba hueca. Entonces golpeó con todas sus fuerzas y la madera cedió.

Asustado por el ruido, uno de los bandidos se asomó a la ventana del primer piso. Robins hizo como que no lo había visto. Metió la mano por el hueco que había hecho en la pared y sacó algo.

—¡Por fin! –dijo en voz alta y se fue hasta el lugar en el que había dejado la moto.

La puerta de la Villa se abrió de golpe y

los mafiosos salieron a toda prisa. Por radio, se pusieron en contacto con los compinches que estaban en el coche.

Entretanto, Robins ya había arrancado la moto y salido de allí a toda velocidad. No tardó nada en aparecer la furgoneta. Los bandidos que estaban en la casa montaron en ella y emprendieron la persecución. Aquello era exactamente lo que estaban esperando Patrick, Luc y Biggi. Y así, sin correr ningún peligro, entraron en la Villa Gris, pero no por la puerta principal. Patrick se subió a un árbol que se hallaba pegado a la casa. Se acercó hasta la pequeña ventana de la habitación secreta. Rompió el cristal y se coló dentro. Luc y Biggi lo observaban todo desde abajo.

—¿Y qué pasará si los bandidos pillan a Robins? –se preguntó Biggi.

—No te preocupes, ya he avisado a la Policía. Los están esperando cerca de aquí

y los van a detener a todos. ¡Me gustaría ver la cara que ponen esos tipos!

En la pequeña habitación el aire era tan rancio, que a Patrick le costaba respirar. Aquello estaba lleno de trastos. ¿Dónde podían estar aquellas fórmulas secretas? Quizá no tenía mucho sentido buscar allí el mensaje del señor Robins.

¿Dónde pueden hallarse las fórmulas secretas?

Cuestión de suerte

Patrick se alegró al descubrir el escondite y se puso a inspeccionar el cuadro. Como creía que estaba sólo en la Villa Gris, no se preocupó de no hacer ruido.

Biggi fue la primera en ver la luz de una linterna en la habitación de al lado. Aquello quería decir que uno de los bandidos se había quedado en la Villa. Seguro que había oído a Patrick.

Luc volvió a imitar el sonido del mochuelo para avisar a su amigo del peligro. Pero Patrick ni se enteró, pues en ese mismo momento tembló la pared y se desprendieron algunos trozos. Cuando sonó el siguiente golpe, Patrick descubrió que había una pequeña puerta que comunicaba con la habitación de al lado. Los golpes eran cada vez más fuertes. ¿Debería salir de allí a toda prisa? Estaba tan cerca de conseguir las fórmulas de aquel veneno tan peligroso con el que se podrían destruir tantos bosques y animales...

La pared que separaba las dos habitaciones era tan delgada que el bandido la rompería en la siguiente patada.

Patrick fue hasta la ventana y se subió al alféizar.

Alguien gritó en la habitación contigua.

—¡No... lárgate! ¡No me muerdas! ¡Vete! ¡No!

Patrick oyó como alguien tropezaba y caía al suelo.

—¡Socorro... no lo aguanto más! –gritó el bandido. Se puso de pie, bajó la escalera a trompicones y salió de la casa. En aquel mismo momento apareció en la calle un coche de la policía. Patrick no comprendía lo que pasaba, pero aprovechó la ocasión. Consiguió por fin llegar hasta el cuadro. En el bolso del caballero que aparecía pintado en el cuadro descubrió una pequeña ranura. Metió los dedos y encontró dentro una cápsula de metal con un microfilme.

Patrick se guardó la cápsula en la zapatilla de deporte y salió de la habitación.

Con el coche de la Policía había llegado también el señor Robins. Uno de los bandidos que iba en la furgoneta de los fontaneros había confesado que uno de sus cómplices se había quedado en la casa.

—¿Qué buscaban los bandidos en esta casa ruinosa? –preguntó uno de los policías.

—¡Ah, se dice que hay un tesoro escondido! ¡Y ellos se lo han creído! –aclaró el señor Robins.

Los policías quedaron conformes con la explicación y se marcharon. Satisfecho, Patrick entregó el microfilme al joven Robins.

—¿Qué va a hacer con él? –le preguntó.

—¡Son las últimas y las únicas anotaciones de la fórmula mortal, y por eso voy a hacer lo siguiente! –dijo Robins. Abrió

la cápsula de metal, sacó el filme y le prendió fuego con una cerilla.

—¿Y qué va a hacer a partir de ahora? –preguntó el Equipo Tigre.

—Desaparecer otra vez. Espero poder

empezar por fin a vivir tranquilo sin nadie que me moleste. ¡Pero a vosotros nunca os olvidaré!

Los tres pusieron el pulgar hacia arriba y dijeron:

¡Somos los Tigres,
los más geniales,
y a detectives
no hay quien nos gane!

A Patrick le quedaba una duda.

—¿Por qué empezaron a aparecer fantasmas cuando llegaron los bandidos?

Luc señaló a Biggi.

—Ella pensó que la instalación que producía fantasmas podría estar desconectada.

—¡Eso quiere decir que tú bajaste al sótano y la pusiste de nuevo en funcionamiento! –dijo Patrick.

Biggi sacudió la cabeza.

—No, los bandidos habían hecho otra cosa, pero por suerte yo me di cuenta.

—¿Ehhh? –Patrick no comprendía nada de lo que le estaban contando. Tampoco es que le importara mucho. Lo principal era que habían resuelto el caso de la *Villa Gris*. ¿Resolverían también el siguiente caso?

Pregunta para ti

¿Qué es lo que ha hecho Biggi?

Tarjeta del caso

El misterio de la Villa Gris

El cuarto miembro del Equipo Tigre

Esther

(pon tu nombre)

ha resuelto este caso...

fatal | flojillo | regular | bien | muy bien | súper

Luc Biggi Patrick

Todos los casos del Equipo Tigre para ti

Caso 1
En el Templo de los Truenos

Caso 2
El fantasma del picadero

Caso 3
El avión fantasma

Caso 4
Los caballeros robots

Caso 5
En la Costa de los Huesos

Caso 6
La maldición del faraón

Caso 7
Un helicóptero de pesadilla

Caso 8
Monstruos invisibles

Caso 9
Un barco de vapor demoniaco

Caso 10
El safari de los monstruos

Caso 11
La góndola espeluznante

Caso 12
El yelmo de la calavera

Caso 13
El pantano de las Brujas

Caso 14
El coche de la momia
Caso 15
La garra
Caso 16
La mazmorra olvidada
Caso 17
Piratas del espacio
Caso 18
Ojo de fuego
Caso 19
El vaquero sin rostro
Caso 20
El misterio de la Villa Gris

Todos los casos del Equipo Tigre para ti

Caso 1
En el Templo de los Truenos

Caso 2
El fantasma del picadero

Caso 3
El avión fantasma

Caso 4
Los caballeros robots

Caso 5
En la Costa de los Huesos

Caso 6
La maldición del faraón

Caso 7
Un helicóptero de pesadilla

Caso 8
Monstruos invisibles

Caso 9
Un barco de vapor demoniaco

Caso 10
El safari de los monstruos

Caso 11
La góndola espeluznante

Caso 12
El yelmo de la calavera

Caso 13
El pantano de las Brujas

Caso 14
El coche de la momia
Caso 15
La garra
Caso 16
La mazmorra olvidada
Caso 17
Piratas del espacio
Caso 18
Ojo de fuego
Caso 19
El vaquero sin rostro
Caso 20
El misterio de la Villa Gris